Luciana Sandroni

Ludi vai à praia

A ODISSEIA DE UMA MARQUESA

ILUSTRAÇÕES DE
EDUARDO ALBINI

2ª edição

Copyright do texto © 2013 by Luciana Sandroni
Copyright das ilustrações © 2013 by Eduardo Albini
Copyright do projeto gráfico © 2013 by Silvia Negreiros

Grafia atualizada segundo o Acordo Ortográfico da Língua Portuguesa de 1990, que entrou em vigor no Brasil em 2009.

Preparação de originais: Bia Hetzel
Tratamento de imagens: Jaqueline Gomes
Revisão tipográfica: Gabriel Machado e Karina Danza

Dados Internacionais de Catalogação na Publicação (CIP)
(Câmara Brasileira do Livro, SP, Brasil)

    Sandroni, Luciana
        Ludi vai à praia : a odisseia de uma marquesa / Luciana Sandroni ; ilustrações de Eduardo Albini. — 2ª ed. — São Paulo : Escarlate, 2022.

       ISBN 978-65-87724-21-8

       1. Literatura infantojuvenil I. Albini, Eduardo. II. Título.

22-125032   CDD-028.5

Índices para catálogo sistemático:
1. Literatura infantil 028.5
2. Literatura infantojuvenil 028.5

Cibele Maria Dias — Bibliotecária — CRB-8/9427

2ª edição

2022

Todos os direitos desta edição reservados à
SDS EDITORA DE LIVROS LTDA.
Rua Bandeira Paulista, 702, cj. 71
04532-002 — São Paulo — SP — Brasil
☎ (11) 3707-3500
🔗 www.brinquebook.com.br/escarlate
🔗 www.companhiadasletras.com.br/escarlate
🔗 www.blog.brinquebook.com.br
ⓕ /brinquebook
⊙ @brinquebook
▶ /TV Brinque-Book

SUMÁRIO

RECUPERAÇÃO EM PORTUGUÊS ✦ 9

NO MICRO-ÔNIBUS ✦ 13

DESLIGADA DO PLANETA ✦ 15

O PLANO ✦ 19

VAMOS A LA PLAYA! ✦ 23

A AULA ✦ 27

E O VENTO LEVOU... ✦ 33

A BRISA DO MAR ✦ 37

A PRAIA DO FLAMENGO ✦ 39

O TATUÍ ✦ 41

A SALVAÇÃO DA LAVOURA ✦ 47

ZÉ DO POLVO ✦ 51

DONA CONCHA ✦ 55

MILHARES DE CARTAS AMÁVEIS ✦ 59

OSTRACILDA, A OSTRA ✦ 65

IEMANJÁ ✦ 69

O VELHO LOBO DO MAR ✦ 75

LIMPINHA DA SILVA ✦ 79

REFERÊNCIAS BIBLIOGRÁFICAS ✦ 87

ESTAMOS NA PRIMAVERA

RECUPERAÇÃO EM PORTUGUÊS

Na volta do recreio, a turma 402 era uma agitação só. Todos falavam ao mesmo tempo e ninguém se ouvia.

— Silêncio, turma! O recreio acabou! — gritava a professora.

A confusão continuava e a pobre se esgoelando:

— Qua-tro-cen-tos-e-dois, silêncio!

Tudo isso somado a um calor de 40 graus só podia acabar em suspensão ou coisa parecida, porém aconteceu o pior...

— Ditado!

Em um segundo a turma emudeceu, mas, em seguida, um burburinho encheu a sala e só terminou com outro grito:

— Mas que coisa! Será que vocês não conseguem ficar quietos por um minuto?

Afinal todos se acalmaram, menos o coração da Ludimila, que batia acelerado e se podia ouvir até lá de cima do Corcovado. Ludi gelava nessas aulas de Português, e a sua mão tremia tanto que o lápis caía a toda hora no chão. Se ela ficasse em recuperação, seria "morte certa". Sua mãe, dona Sandra, ficaria uma fera. Ludi até imaginou a cena:

"— Vai ficar um mês sem ver televisão!

— Mas, mãe!"

Dona Sandra vivia dizendo que tevê era um "vício alienante" e coisa e tal.

"— Praia nem pensar!

— Mas, mãe!"

Ludi simplesmente a-do-ra-va praia. Tinha verdadeira loucura, e muito mais por cavar buracos na areia, cada um mais fundo que o outro.

"— Ludi, é um absurdo você ficar em recuperação em Português, minha filha. Logo em Português!

— Mas, mãe, a professora quer que eu decore os sinônimos e antônimos de todas as palavras!

— Isso não é desculpa, Ludi.

— Ela também disse que o meu 'linguajar é chulo'.

— O quê?! Ela disse isso?!

— O que é 'chulo', hein, mãe?"

A menina parou de imaginar a cena dramática e voltou para a vida real.

— Escrevam o nome todo! Atenção! Vamos lá: caju, japonês, açúcar, café, praia, saia, dente, zebra...

Depois de dez palavras que mais pareciam mil, a professora recolheu as folhas dos ditados e sentou-se para corrigir. Uma, depois outra, mais uma, e mais uma. Ludi teve a impressão de que o tempo tinha parado.

"Ai, meu Deus, assim não dá. Já faz um século que a gente está aqui, ou mais!"

Quando a professora finalmente terminou a correção, procurou a Ludi com os olhos pela sala. A menina percebeu e teve a ideia de escorregar pela carteira para se esconder.

— Ludimila!

— Eu? — respondeu Ludi, voltando para o lugar.

— Sim, claro, tem outra Ludimila nesta sala? Bom, em primeiro lugar, eu mandei escrever o nome todo e você só escreveu Ludi. Por acaso seu nome todo é Ludi?

— Não, mas é que...

Ludi sentia o rosto vermelho, a mão suava, o coração disparado e a professora não parava de falar. Que mal ela tinha feito a Deus? Não sabia, ou pelo menos não se lembrava ali, naquele momento de suplício.

— Em segundo lugar, dona Ludimila, a senhorita cometeu erros muito primários: não botou o pingo no "j" da palavra "caju", não colocou o acento circunflexo no "e" da palavra "japonês" e escreveu "dente" com "i" no final...

E, para terminar a sessão de tortura explícita, completou:

— Não preciso nem dizer que a senhorita está em recuperação, não é?

Ludi ficou arrasada. Deu vontade de chorar. Não, chorar seria o fim! Imagina o mico que seria chorar no meio de todo mundo. Logo ela, que era durona. Queria prender as lágrimas, mas não conseguiu. Abriu o maior berreiro:
— Buáááá!

NO MICRO-ÔNIBUS

O ÔNIBUS DO COLÉGIO levava umas dez crianças e passava por vários bairros: Jardim Botânico, Humaitá, Botafogo e Flamengo. A agitação da sala continuava na condução, com bolinhas de papel voando pelos ares, empurra-empurra e gritaria. Seu Cláudio, o motorista, tentava manter o caos em ordem.

— Caio! Gabriel! Eu já falei que não pode ficar em pé! Manu, não grita!

Ludi, calada, só olhava pela janela a chuva de verão que tinha começado. Estava triste. Sem dar papo para ninguém, se distraía com as gotinhas correndo pelo vidro. Finalmente, depois de muito trânsito, chegaram ao Flamengo.

— Ludi!

— É o meu nome.

— Eu sei. É que já chegamos.

— Ah, é?

A menina pegou a mochila e foi saindo bem devagar. Já fora do ônibus, apanhando chuva, acenou e saiu correndo, sumindo na portaria do edifício.

DESLIGADA DO PLANETA

Chegar em casa era bom. Ludi jogava a mochila no chão da sala, tirava os tênis, ligava a televisão e ia para a cozinha encher o copo de leite com bastante chocolate. Depois, sentava-se bem pertinho da tevê, como se fosse bater um papo secreto com ela. A menina se desligava do planeta vendo tevê e bebendo o leite, que a deixava com lindos bigodes. Aliás, foi esse hábito que deu origem ao seu segundo apelido: Marquesa dos Bigodes de Chocolate.

Quando Margarida apareceu na sala e se deparou com aquela bagunça toda de mochila e tênis no chão, ficou uma arara:

— Ô, Ludi, que bagunça é essa?

Mas a menina estava completamente fora do ar e nem ouviu.

— Ô, Ludimila, estou falando com você!
— Ah, oi, Marga.
— Depois a senhorita vai arrumar isso tudinho, hein?
— *Tá* bom...
— A dona Sandra ligou e disse que é pra você tomar banho logo e que não é pra ficar vendo televisão. Você *tá* ouvindo, Ludi?
— *Tá* bom...

Margarida continuou a reclamar sem parar que "aquilo já era demais" e que ia "pedir um aumento", enquanto Ludi, vagarosamente, tentava dar um jeito na bagunça.

— E não demore, mocinha! Já está na hora do seu banho! Vou colocar a banheira pra encher para você, mas só dessa vez, viu?

Rafael costumava chegar por essa hora e, como todo irmão mais velho, vinha cheio de bronca:

— Ludi, não fica tão perto da tevê, isso faz mal para a vista. E endireita essas costas! Você *tá* toda torta. Desse jeito, você nunca vai ser uma grande modelo.

— Quem disse que eu quero ser modelo grande? Eu quero ser atriz!

— Se continuar a ver tevê desse jeito, não sei se será atriz, mas, com certeza, vai ganhar uma coluna torta e precisará de óculos.

No meio da conversa, Marga gritou lá de dentro:

— Ô, Ludi, a banheira já *tá* transbordando. A senhorita vai precisar ser empurrada para o banho, é?

— É melhor ir logo, mana, porque, pelo que tudo indica, a água do planeta está acabando — ponderou o irmão.

Ludi deu um suspiro e disse:

— *Tá* bom! Já que é para o bem geral do planeta, diga ao povo que eu vou para o banho!

O PLANO

O APARTAMENTO DA FAMÍLIA MANSO era grande. Havia uma boa sala com sofá e televisão, ao lado uma mesa de jantar, e um espaço para as visitas, onde as crianças brincavam enquanto os pais não chegavam do trabalho. Seu Marcos era professor de História na universidade e dona Sandra era jornalista no *Correio Carioca*. Além da sala, havia três quartos. No maior dormiam os pais e, eventualmente, Ludi, quando tinha pesadelo. No médio, Rafael e Chico, o irmão do meio. No menor, Ludi.

Às seis da matina, dona Sandra já estava de pé e tratava de acordar a turma toda. Marga sempre chegava cedo para trabalhar na casa. Abria as janelas deixando o sol entrar em cada quarto.

— Rafa, Chico, Ludi! *Tá* na hora! Vamos lá!

Rafa pulava da cama como uma mola e ia direto para

o banheiro. Chico, ao contrário, ficava toda a vida debaixo dos lençóis e dona Sandra tinha de chamá-lo umas vinte vezes. E a Ludi? Bem, em meio ao burburinho, a Marquesa tentava criar coragem para dar a péssima notícia sobre a recuperação em Português.

O café da manhã da família Manso era sempre confuso. Seu Marcos e dona Sandra viviam atrasados e sem tempo para nada. Rafa e Chico também só pensavam em se arrumar. Era uma correria medonha. E foi pensando nisso que Ludi, se arrumando no espelho, arquitetou um plano.

"E se eu contar agora de manhã que fiquei em recuperação? Vai ver que se eu falar bem depressa — tipo: *tôemrecuperaçãoemPortuguêstá?* — ninguém vai prestar atenção. Quem sabe isso dá certo?"

Com o plano na cabeça, a Marquesa foi tomar café.

— Bom dia, filhota.

— Bom dia, mãe.

Quando todos terminaram de comer e o corre-corre estava para começar, Ludi tomou coragem e soltou a bomba:

— *Tôemrecuperaçãoemportuguêstá?*

Nem ela mesma sabia que conseguia falar tão rápido! Pena que, por um azar desses da vida, o truque não deu certo. Exatamente naquele "santo" dia seu Marcos estava com mais tempo e perguntou:

— O que você disse, filhinha?

Ludi mergulhou a boca e o nariz dentro do copo de leite, fechou os olhos e disfarçou, fingindo que não era com ela.

— Hein, filha? O que você disse?

Não tinha jeito.

— Eu?!

A menina era craque em despistes, mas, naquele dia, se saiu meio canastrona na encenação.

— É... Eu disse que... Que vou ficar em casa estudando a lição de Português e não vou à natação. Foi isso que eu disse — e voltou rapidinho a se concentrar no leite.

— Sei... Bom, então, quem vem comigo, vamos! — disse o pai, puxando os dois meninos.

— Estuda direitinho, filhota! Tchau, Marga! Qualquer coisa liga.

— Pode deixar, dona Sandra. Vai tranquila.

Antes de sair, a mãe repetiu o que a menina já estava cansada de ouvir:

— Tevê só depois do dever, hein, Ludi!

VAMOS A LA PLAYA!

Uma coisa era certa na rotina da família Manso, e todo mundo estava de acordo: a praia do fim de semana era sagrada. Só que isso não era tão simples de acontecer, ao contrário, era muito difícil sair de casa para pegar um sol. Primeiro, porque seu Marcos dormia a manhã inteira aos sábados; ele dizia que sofria de "sono recolhido". E, segundo, porque, na hora H de sair de casa, os Manso nunca sabiam onde tinham deixado os apetrechos praianos.

— Cadê a barraca?
— E o protetor solar?
— Alguém viu meu boné?
— E a minha prancha?
— Cadê meu livro? As coisas somem nesta casa!

Depois de tudo pronto, metiam-se no Fusca 68, que era o grande xodó do pai. Os três irmãos iam espremidos no banco de trás: Ludi levando a boia, Chico, a prancha, e Rafa, a barraca. Só então dona Sandra consultava o jornal para saber qual era a praia da cidade que estava liberada para o banho.

— Vejamos aqui — disse ela, e leu: — "As praias do Leblon e de Ipanema estão interditadas devido à grande quantidade de coliformes fecais na água".

— Eca! Isto é: cocô ao mar! — gritou Ludi.

— E não é só o mar que está poluído, filha. Aqui diz:

O contato com a areia pode causar doenças de pele. Um simples mergulho pode originar uma conjuntivite ou uma inflamação de ouvido. As pessoas com imunidade baixa, especialmente crianças e idosos, podem pegar leptospirose, micose e hepatite.

— Cruzes! Essas praias estão quase sempre impróprias para o banho. Aqui diz que hoje as praias menos poluídas são as da Barra, Recreio, Prainha e Grumari.

Rafa, Chico e Ludi vibraram:

— Oba! Vamos à Barra!

Os pais se entreolharam com ar irônico e exclamaram:

— Oba! Engarrafamento!

Para distrair a criançada, dona Sandra propôs uma brincadeira chamada "A palavra é...". Eles teriam de cantar uma música com a palavra escolhida.

— A palavra é... praia!

Rafa lembrou de "Nós vamos invadir sua praia", um rock do Ultraje a Rigor dos anos 1980, que tinha ouvido na internet. Ludi pensou na mesma hora na música "Vamos a la playa", da dupla Righeira. Já o seu Marcos veio com uma samba do Dicró, "Domingo de sol":

— ... *Aluguei um caminhão / Vou levar a família na Praia de Ramos!*

Todos riram da música.

— Agora é Piscinão de Ramos, pai.

— Cara, será que lá a água é limpa ou suja como as outras praias?

— Lá eles trocam a água de vez em quando. Funciona que nem piscina de clube.

Depois de meia hora de "viagem", Ludi afrouxou o cinto de segurança e chegou mais para a frente do banco do Fusca, querendo puxar conversa.

— Pai, por que a gente tem de ir tão longe para dar um mergulho se nós moramos do lado de uma praia, hein?

— Ué, filha, você não sabe que a Praia do Flamengo, como todas as outras praias que ficam dentro da Baía de Guanabara, é uma das mais poluídas da cidade? Ninguém em sã consciência entra naquelas águas.

— A Baía de Guanabara é só pra gente apreciar de longe, filhota.

— Ludi, eu não quero ninguém mergulhando na Praia do Flamengo, ouviu? E isso serve para você também, senhor Francisco.

Chico chegou-se para a frente do banco também e entrou na conversa.

— Não *tô* nem aí... Lá não tem onda mesmo.

— Mas quem foi que sujou a Praia do Flamengo? Ela é tão linda... E por que não limpam logo essa praia? — Ludi não se conformava.

— Bom, isso aí é uma longa história. Querem ouvir?

— Eu quero! — disse Ludi, animada.

— Ótima ideia, Marquito!

— Por mim, tudo bem... A gente *tá* aqui parado mesmo — concordou Chico.

Rafa só ouvia a música em seus fones de ouvido e nem se manifestou. Seu Marcos se empolgou com a plateia e deu uma aula básica sobre a baía...

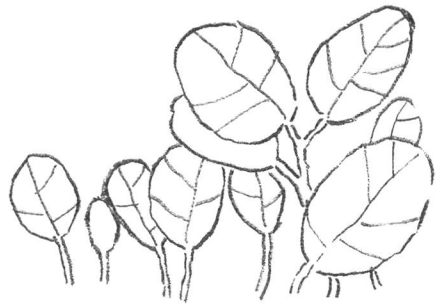

A AULA

— Como vocês sabem, antes de os portugueses chegarem aqui no Rio, quem habitava esta região eram os indígenas tamoios, entre outros povos nativos do Brasil. Eles viviam ao redor da baía e a chamavam de "Guanabará", que quer dizer "lagamar", ou "seio do mar", em tupi-guarani. Os indígenas plantavam, pescavam e nadavam nas águas da baía, que ainda eram calmas e limpas. Naquele tempo, até as baleias vinham se abrigar na Guanabara para ter seus filhotes, e os botos e golfinhos faziam festa, saltando para todos os lados, caçando os peixes que fervilhavam no mar.

— Uau! Baleias! Que máximo! — vibrou Chico ao imaginar a cena.

— Em 1502, no dia 1º de janeiro, as naus portuguesas chegaram aqui. Gonçalo Coelho, o capitão, pensou que a baía fosse a foz de um grande rio e por isso a batizou de "Rio de Janeiro".

— Que mancada!

— Nem tanto, meu filho. Na verdade, a baía é mesmo um "lagamar", como diziam os indígenas. Ela é formada pelo encontro das águas salgadas do oceano com as águas doces de dezenas de rios que nascem nas montanhas ao seu redor e desaguam no litoral.

— Mar misturado com rio, maneiro — disse Ludi, imaginando a delícia que devia ser mergulhar nas águas ainda limpas da baía.

— Pois é. Poucos anos mais tarde, os portugueses aderiram à poesia e à sabedoria dos indígenas e também passaram a chamar a baía de Guanabara. Mas, desde que os portugueses chegaram por aqui, a paisagem começou a mudar. No século XVI, a baía passou a servir de porto para caravelas e naus, que levavam o pau-brasil retirado das matas para Portugal. Depois, além dos portugueses e dos indígenas que já viviam aqui, também vieram para cá os franceses, que queriam fundar na Guanabara a capital da "França Antártica". Foi uma brigalhada daquelas entre todos eles para ver quem seria, afinal, o dono daquele paraíso. Os portugueses levaram a melhor e, em 1565, Estácio de Sá fundou a cidade aos pés do morro Cara de Cão. Depois, os jesuítas vieram para cá, a cidade recomeçou no Morro do Castelo e o litoral da baía virou um grande engenho de açúcar.

— Mas, pai, cadê a poluição nessa história? — perguntou Ludi.

— Calma, filha. Vou chegar lá. Como a baía tem uma entrada fácil, bem larga, e tinha uma boa profundidade, ela virou um porto natural e atraiu muitos navios.

— E as baleias?

— Vão bem, obrigado! — brincou Chico.

— Vão nada! As baleias foram caçadas até desaparecerem daqui — respondeu o pai, desanimado.

— Puxa! Para que caçar um bicho tão grande e tão bonito? Isso não é proibido? — disse Ludi, que adorava baleias.

— Hoje é proibido, sim, mas, naquela época, era mais do que natural. Com todo aquele tamanho, as baleias são grandes fontes de óleo. Derretendo a gordura delas numas fábricas chamadas "armações", os colonos fabricavam o óleo que ardia nos lampiões que iluminavam o Brasil, porque, naquele tempo, ainda não existia eletricidade nem petróleo.

— Coitadas das baleias! — Ludi não estava gostando nem um pouco daquela história.

— Bom, para encurtar, com o passar dos anos, a corte portuguesa veio para cá e um mundaréu de gente passou a morar nas margens da baía. Juntaram-se aos indígenas e aos europeus milhares de africanos trazidos para cá como escravizados. Depois veio o ciclo do café e surgiram novas cidades, que foram se industrializando e crescendo cada vez mais. Enquanto fábricas, ruas, praças, estradas e prédios foram construídos, esqueceram de cuidar do lixo e do esgoto, destruíram as matas e os manguezais, secaram os rios, arrasaram os morros e fizeram desaparecer muitas ilhas e praias com os aterros de grande parte da baía.

Seu Marcos deu um suspiro triste e tomou fôlego para concluir:

— Com tudo isso, a poluição só fez crescer e a natureza só fez sofrer. As praias do Flamengo e de Botafogo, por exemplo, que eram limpas e as prediletas dos cariocas nos anos 1940, foram trocadas na década seguinte pela Praia de Copacabana, que depois ficou poluída e foi trocada pelas praias do Leblon e de Ipanema, que hoje estamos trocando pelas praias oceânicas da Barra... E essa é a triste história da nossa tão bela Baía de Guanabara. Então? Alguma pergunta?

Ludi levantou o dedo como se estivesse em sala de aula.

— E por que não param de poluir a baía?

— Bem, aí o assunto não é comigo. Deve haver um jeito, não sei qual... — respondeu seu Marcos.

— Ei, Ludi, por que essa preocupação tão grande com a baía, hein, filhota? Você vai entrar para o Partido Ecológico? — brincou dona Sandra.

— Ah, mãe! A gente tem uma praia ao lado de casa e não pode mergulhar porque ela está suja! Eu acho isso um absurdo, sabe, eu acho que...

De repente, dona Sandra soltou um grito, interrompendo a filha.

— Marcos, olha ali uma vaga!

— Ah, essa estava nos esperando! — comemorou o pai.

— Milagre! — exclamaram as crianças.

E O VENTO LEVOU...

Os Manso finalmente estavam com os pés na areia, que, diga-se de passagem, ardia de tão quente. Encontraram um lugar simpático bem perto do mar, e seu Marcos armou a barraca enquanto dona Sandra passava protetor solar nas crianças.

— Anda, mãe!

— Calma, Ludi. A praia não vai fugir. Ai, por que eu sempre esqueço de passar o protetor em casa, longe do sol e antes de vocês ficarem cheios de areia?

Depois, pai e filhos saíram disparados para a água.

— Oba!

— Não vão muito fundo!

Ludi, como de costume, começou a cavar um buraco na areia.

— Mãe, hoje eu vou até o Japão!

— *Tá* certo, filha, mas vê se não demora — disse dona Sandra, rindo.

Após uns minutos, a menina encontrou um tatuí.

— Olha, mãe!

— Puxa, que bacana. Há quanto tempo eu não vejo um desses.

— Vou procurar mais!

Depois de muito mar, com direito a vários "jacarés", os meninos retornaram à areia com uma fome de leão.

— Mãe, *tô* com um buraco no estômago igual a esse que a Ludi *tá* fazendo.

Os vendedores ambulantes passavam animados.

— Olha o mate natural!

— Olha o biscoito Globo! Tem salgado e doce!

As crianças devoraram dois pacotes de biscoito, depois pediram milho e, mais tarde, cuscuz, até que seu Marcos deu um basta.

— Gente, vamos deixar espaço na barriga para o almoço.

— Ah, pai, minha barriga é bem espaçosa.

O pai puxou os meninos para cavar uma piscina na beira da água e eles esqueceram o assunto comida por alguns minutos. Dona Sandra voltou satisfeita para o seu jornalzinho. Só que, de uma hora para outra, o tempo virou e um vento forte levou umas cinco barracas ao mesmo tempo.

— Ai! Minha barraca!

— Aquela ali é minha!

Foi engraçado ver todo mundo correndo atrás das barracas, parecia até brincadeira.

Dona Sandra nem conseguia mais segurar o jornal. O jeito foi levantar acampamento.

— Mas já?

— Você não está vendo a ventania, filha? Vai chover.

Rafa e Chico também reclamaram em coro:

— Puxa, a gente acabou de chegar e já vai voltar?!

— O tempo está virando, gente. Vai se lavar, Ludi. Amanhã nós voltamos.

— Ah, pai... vamos ficar mais um pouco, vai. Só um pouquinho...

— Marquesa, papai já disse para você ir se lavar!

Ludi se levantou toda suja de areia, fazendo uma tromba de elefante:

— Isso não é justo! Não era o combinado! — resmungou a menina.

Assim começava mais uma das tradicionais batalhas de fins de semana. Se já era um custo chegar à praia, sair dela era uma verdadeira luta!

A BRISA DO MAR

Durante a semana, Ludi passava as manhãs em casa ocupada com suas tarefas matinais: fazer o dever, arrumar o quarto e ir à natação às terças e quintas. Isso em teoria. Na prática, quando os pais saíam para trabalhar, a nossa Marquesa corria para a tevê.

— Oba! Enfim a sós! — dizia ela para o aparelho.

Naquela manhã, porém, Marga encrencou.

— Ô, Ludi, que história é essa? Estudar e ver televisão ao mesmo tempo não dá certo. Ludi! Eu *tô* falando com você!

A Marquesa se explicou com a maior cara de pau:

— É que nós, crianças do século XXI, fomos programadas pra estudar e ver televisão ao mesmo tempo, Marga.

— Sei. Pois eu acho que isso atrapalha as ideias. Faz o dever e depois vê televisão.

— *Tá* bom...

Quando Ludi se levantou para desligar o aparelho, soprou uma leve brisa, levantando a cortina da janela. A menina foi fechá-la e, ao olhar entre os edifícios vizinhos, viu uma nesguinha da Praia do Flamengo.

— Como é que pode essa praia ser tão bonita e ao mesmo tempo tão suja?

— Ah, praia suja é o que não falta nesta cidade...

— Mas, espera aí, Marga! — disse Ludi, fantasiando. — Quem sabe alguém desligou a chave da poluição e não contou pra ninguém?

— Ah! Essa é boa! "Chave da poluição". Eu acho que a brisa não te fez bem, dona Ludi! Melhor é fazer o dever — comentou Marga, saindo da sala para arrumar o resto da casa.

A menina sentou-se à mesa, desanimada, mas, quando ia começar a encarar o dever de casa, o vento abriu a janela novamente. A cortina chegou a tocar no ombro da Ludi como se dissesse "Oi!".

— Caramba! Não fechei a janela direito.

Ludi correu até lá e olhou novamente o pedacinho de praia.

— Ah, será que a baía *tá* limpa? — perguntou aos seus botões. — Só tem um jeito de saber: indo até lá! Praia do Flamengo, aí vou eu!

A PRAIA DO FLAMENGO

Qual nada! Continuava tudo a mesmíssima coisa: latas, copos, água suja, pombas ciscando na areia imunda, resto de plástico para todo lado e um ou outro banhista insano, como diria seu Marcos. Ludi olhou a paisagem à sua volta e falou:

— Puxa vida, que meleca que *tá* isso aqui! Bem, prainha, foi um prazer, mas eu já *tô* indo embora, pois não quero pegar a lepto... lepto... lepto-sei-lá-o-quê.

Mas, quando a menina se virou para partir, teve um ímpeto incontrolável.

— E se eu cavasse um buraco até encontrar areia limpa? E se eu cavasse o maior buraco do mundo?! Vou cavar rapidinho, depois volto pra casa e faço os deveres... — disse para si mesma.

Ludi se sentou perto do mar e começou a cavar, muito compenetrada. Tão compenetrada que nem percebeu um nevoeiro se formando ao seu redor. A menina também não sentiu a brisa do mar soprando cada vez mais forte. De repente, o vento ficou tão furioso que formou uma onda enorme e suja, que pegou a Marquesa desprevenida.

— Ai! Socorro!

Foi assim que a Ludi foi parar num lugar incrível que não era nem o Japão, nem o Reino das Águas Claras, nem o País das Maravilhas: era o fundo da Baía de Guanabara mesmo.

O TATUÍ

O fundo da Baía de Guanabara era uma lata de lixo gigante. Pneus, latas, sacolas plásticas, garrafas, restos de barcos, pedaços de móveis, enfim, toda a sorte de sujeira. Desacordada, Ludi ficaria ali dormindo que nem a Bela Adormecida se não fosse um tatuí bem acelerado aparecer.

— Marquesa... Marquesa? Marquesinha! Este não é o momento adequado para dormir.

E Ludi, nada. Nem se movia.

— Marquesa? Marquesinha? — O tatuí subiu na ponta da orelha da Ludi e gritou com sua voz aguda: — Marquesa dos Bigodes de Chocolate!

Ludi começou a se mexer. Abriu um olho, depois o outro, e se sentou, sem nem notar que o tatuí havia caído da sua orelha.

— Até que enfim Vossa Alteza chegou, Marquesa, nós já estávamos preocupados. Como foi de viagem? Pedi para a nossa amiga Brisa do Mar trazer Vossa Alteza. Espero que tenha corrido tudo bem na viagem.

Ainda tonta, Ludi olhou para aquele crustáceo tagarela, observou tudo à sua volta, admirada, e finalmente disse:

— Onde é que eu *tô*?!

O tatuí continuava a mil por hora.

— Ora, no fundo da Baía de Guanabara. Mas, como eu ia dizendo, nós estamos atrasados. Será que Vossa Alteza poderia se levantar logo? Estão todos nos esperando.

Ludi se irritou com aquela pressa e exigiu uma explicação.

— Todos quem?! Esperando pra quê?! E com quem eu estou falando?!

— Ah, nem me apresentei, não é? Perdão. Eu sou o Primeiro-Ministro da Sujeira, seu humilde criado. A Marquesa, por um acaso da vida, não recebeu um convite?

— Que convite?!

— O convite para participar da Primeira Assembleia dos Peixes, Moluscos e Crustáceos da Baía de Guanabara.

— Não, não recebi porcaria de convite nenhum — falou a menina, enquanto se levantava para ir embora.

O tatuí, atrapalhado, não sabia o que fazer.

— Bem que me avisaram que não se pode confiar no correio terrestre! Vossa Excelentíssima tem toda razão de

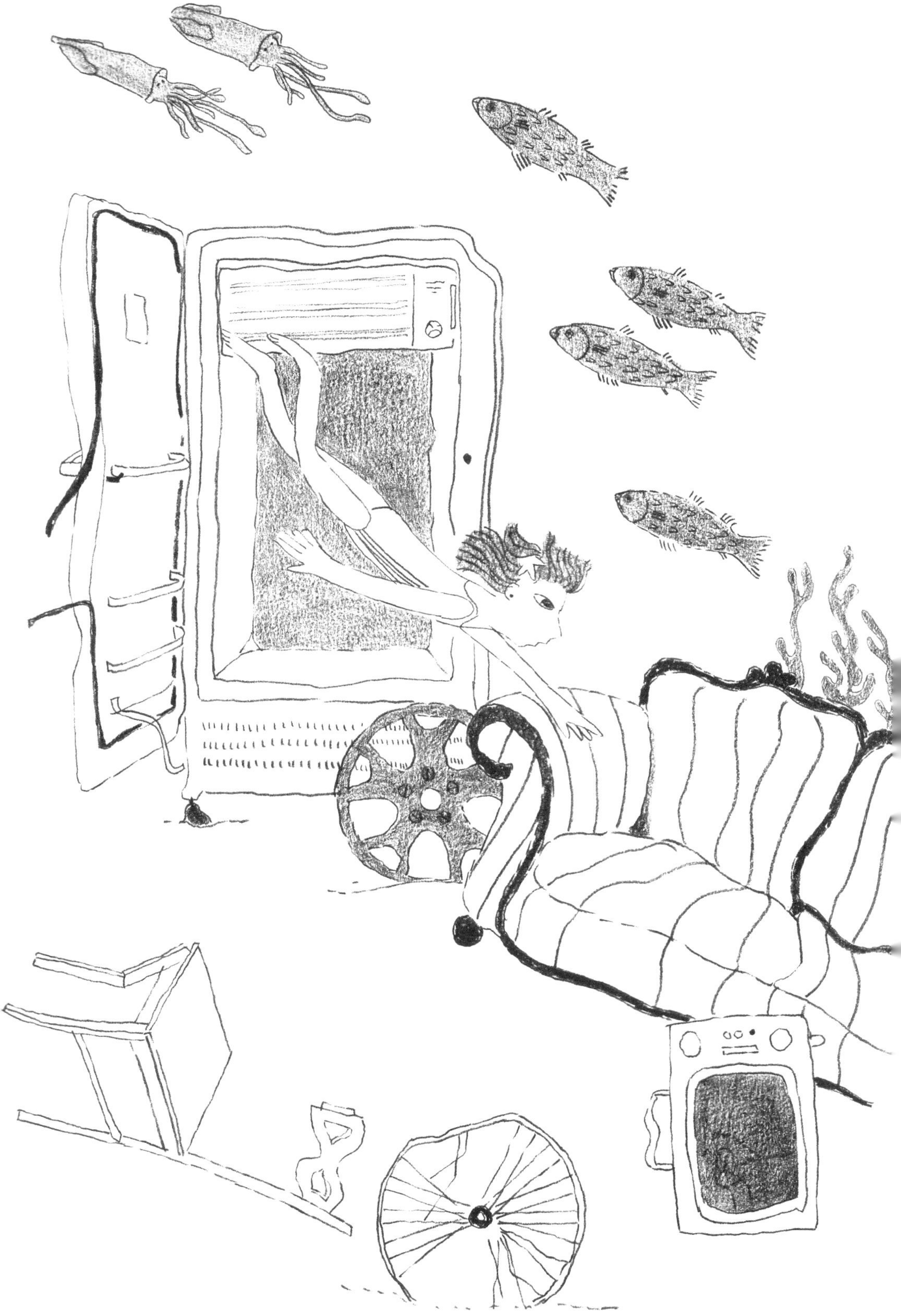

ficar contrariada. Mas, se me permite uma pergunta... aonde a Marquesa vai?

— Para casa, fazer o dever da escola. A coitada da Marga deve estar maluca me procurando.

O tatuí quase teve um ataque.

— Excelentíssima Marquesa dos Bigodes de Chocolate: a magnificência, a majestosa, a...

— Pode me chamar de Ludi, senhor Ministro.

— Posso?! Então, Marquesa Ludi, indo direto ao assunto: como diz o Rei Barbatano, a senhora é a salvação da lavoura.

— Eu? Que história é essa?

— A Marquesa não imagina em que situação nós nos encontramos. A poluição só trouxe falta de esperança pra nós. A Marquesa não sabe o que é viver no meio do lixo. Nossos filhotes não conhecem o mar com gosto de mar, o mar com cor de mar, enfim, o mar não está pra peixe e nem pra crustáceo!

— Meus pais dizem a mesma coisa.

— Pois então! Nós convocamos essa assembleia justamente para debater o problema, e a Marquesa é a nossa convidada de honra.

— Por que eu?! Não sou bióloga, nem do Partido Ecológico, nem nada.

— Ora bolas, Vossa Excelência é Marquesa. E as marquesas servem pra quê?

Ludi pensou um pouco e respondeu:

— As marquesas servem para se casar com os marqueses, ora.

O tatuí ficou meio espantado com aquela resposta. A menina continuou, sem se importar com os sentimentos do tatuí:

— Olha, Ministro, eu não sou marquesa coisa nenhuma. Isso é só um apelido.

Ao ouvir aquilo, o crustáceo começou a se sentir mal. Foi ficando tonto, zonzo, até ter um troço.

— A Marquesa não é marquesa? Ai, meu Deus, ela não é marquesa... O que eu faço agora?! Estamos fritos, assados e cozidos! Ohhhhh! — e desmaiou.

Ludi nem ligou para o fricote do tatuí e continuou com suas explicações:

— A minha mãe é uma inventadeira de moda muito grande. Ela adora o Monteiro Lobato, aquele que criou o Sítio do Picapau Amarelo, sabe? Como a Narizinho e a Emília têm mania de príncipes, princesas e marquesas, ela me deu esse apelido, porque, depois que eu tomo o meu copo de leite com chocolate, fico com bigodes. É isso. Entendeu? — perguntou, finalmente reparando no desmaio do tatuí.

Ludi se agachou, assustada, para acudir o Ministro.

— Tatuí! O que aconteceu? Fala comigo! Socorro! Alguém! O Ministro *tá* morrendo! Tatuí, eu sou marquesa, sim. Marquesíssima! Era brincadeirinha minha! Acorda! Eu sou marquesa das legítimas!

Ao ouvir aquela declaração, o crustáceo tratou de recobrar os sentidos. Abriu um olho, depois outro, e indagou com voz rouca:

— Jura?

— Então o senhor não sabe pra que serve uma marquesa? As marquesas servem... pra... pra dar ideias, pra salvar as pátrias e, principalmente, pra despoluírem os mares. Elas servem pra tanta coisa que eu até escreveria um livro sobre isso: *Os doze trabalhos da Marquesa* ou *A odisseia de uma marquesa...*

O tatuí se recuperou rapidinho e tratou de voltar para a orelha da Ludi.

— Então, se a Marquesa não se incomoda, vamos nadar depressa porque não há mais tempo para discursos!

A SALVAÇÃO DA LAVOURA

No CAMINHO, Ludi reparou na água turva da baía, no lixo, no esgoto, e lembrou: "Ai! Se papai me pega aqui, eu *tô* lascada." Para não pensar nisso, fez um batalhão de perguntas ao tatuí:

— Quem vai estar nessa assembleia? Quem é esse tal Rei Barbatano? Por que só agora vocês resolveram lutar contra a poluição? E o povo? É preciso ouvir o povo! — disse como se fosse candidata a rainha.

Zonzo com tantas indagações, o tatuí tentou responder:

— Nós estamos na luta há muito tempo! O meu tataravô foi um dos fundadores do Comitê Pró-Clareza do Mar. Só que a sujeira é uma praga que se multiplica sem parar e as correntes marítimas não conseguem levar toda essa poluição para fora da baía. Estamos em colapso, entende? O Rei Barbatano é o nosso líder, mas anda com uma sonolência aguda. Hoje, ele só serve para abrir as sessões das assembleias e depois para fechá-las.

— Ué? Então ele não é o líder droga nenhuma!

Foi só a Ludi falar "droga" que eles chegaram no local da reunião... Havia faixas e cartazes saudando a "salvação da lavoura". Gritos de alegria e de esperança ecoaram por todos os lados quando a bicharada viu a Marquesa dos Bigodes de Chocolate se aproximando.

Ludi olhou a cena, espantada. Nunca tinha visto tantos bichos marinhos, de todos os tamanhos e espécies: sardinhas, tainhas, espadas, cocorocas, palhaços, robalos, corvinas, cavalos-marinhos, estrelas-do-mar, ouriços, ostras, mexilhões, polvos, lulas, esponjas, corais e, é lógico, o Rei Barbatano, cercado por seus fiéis Cutucadores Reais. Os Cutucadores ficavam sempre atentos ao Rei: caso ele dormisse em hora imprópria, era logo cutucado.

Ludi e o tatuí estavam tão atrasados que o Rei Barbatano já havia aberto a sessão duas vezes e agora dormia a sono solto. Os Cutucadores trataram de agir:

— Rei Barbatano! A Marquesa chegou!

— O quê? Como? Onde? Ah, sim — disse ele, despertando com dificuldade. Deu um enorme bocejo e continuou: — Peixes, crustáceos e moluscos, estamos aqui para ouvir a Marquesa dos Bigodes de Manga... Quero dizer, de Chocolate! A nossa convidada de honra. A nossa salvação da lavoura... a nossa... a nossa... — e voltou a dormir profundamente.

Houve uma aclamação geral:

— Viva! Viva!

Ludi queria ficar perto do tatuí, porém um cardume a empurrou até o palanque e seu "brinco" caiu pelo caminho.

— Ministro! Ministro, eu não sei o que dizer! — gritou, desesperada.

Quando deu por si já estava lá em cima do palanque, ao lado do Rei dorminhoco e com um microfone na mão.

— Oi. Quero dizer... senhoras e senhores, digo, peixes, moluscos e crustáceos, eu...

Ludi não tinha ideia do que dizer. Resolveu enrolar.

— Eu estou muito feliz por estar aqui! Obrigada pelo convite! Eu devia estar em casa fazendo o dever, mas tudo bem...

Subitamente, a menina teve uma ideia: eles poderiam fugir! "Os incomodados que se mudem", não era esse o ditado? É claro! Se empolgou e disse entusiasmada:

— Creio que encontrei a solução: vamos nos mandar daqui! Vamos para o meião do oceano Atlântico!

Mas os peixes, crustáceos e moluscos fizeram uma expressão de pavor terrível. Ludimila não compreendeu aquela reação. Por que será que antes eles pareciam tão contentes e, agora, se mostravam tão desapontados? O tatuí se apressou a explicar a situação.

— Marquesa, a senhora não leve a mal, mas é que ir embora da baía não é uma solução, é um suicídio coletivo! O oceano Atlântico não é nada pacífico. Por certo seríamos todos devorados pelos grandes predadores.

Ludi morreu de vergonha. Logo ela, a convidada de honra, a salvação da lavoura... Logo ela havia proposto o suicídio coletivo!

— Puxa, desculpe. Não era essa a minha intenção... Desculpe...

A menina não sabia o que fazer. O jeito foi cair no berreiro:

— Buáááá!

Dessa vez, foram os bichos que não entenderam nada. Ninguém ali sabia que a Marquesa era tão sensível. O tatuí se aproximou para tentar consolá-la.

— Marquesa, o que é isso? Não precisa ficar assim. Nós pensaremos em outra solução. Por favor, não chore.

Ludimila chorava como uma desesperada. Parecia até que estava com dor de barriga ou de dente (não sei qual é a pior). Até que parou um pouco e falou, muito séria:

— Eu *tô* assim porque descobri que o mundo é muito cruel!

E voltou a chorar. Ficaram todos perplexos com aquela declaração. Afinal, o mundo da Marquesa devia ser tão bom, cheio das mordomias e coisa e tal. Ou será que a vida terrestre já estava tão decadente que até as marquesas tinham de dar duro?

Com tanta coisa na cabeça, Ludi não sabia se continuava chorando ou se parava para refletir. De repente, soou um alarme estrondoso e todos se assustaram. Uma tainha, com um megafone maior que ela, começou a gritar:

— Evacuar o local! Área interditada! Evacuar! Uma grande mancha de óleo se aproxima!

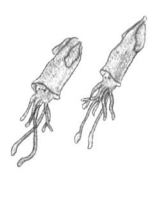

ZÉ DO POLVO

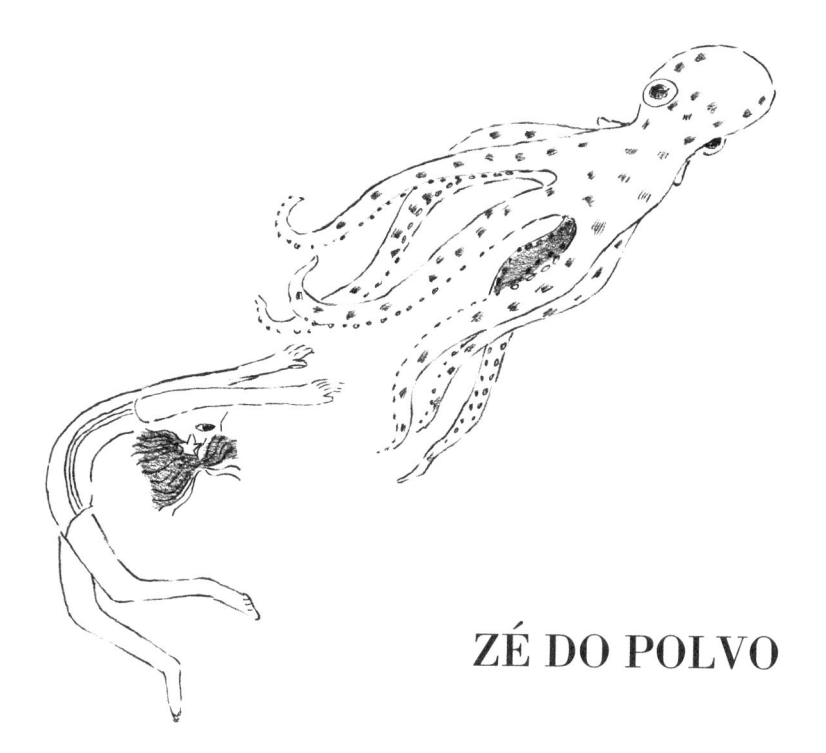

Foi um salve-se-quem-puder: muitos saíram a jato e outros socorreram os mais lentos como as estrelas-do-mar e os ouriços. As organizadoras queriam carregar todo o material da assembleia, mas a Tainha-Chefe impediu.

— É para sair nadando e deixar tudo para lá! Vamos logo!

O desespero era geral. Ludi procurava o tatuí quando viu à sua frente um grande polvo chamando-a.

— Marquesa, por aqui!

— Mas cadê o tatuí?

— Ele foi socorrer uma turma de siris atolados e me pediu para guiar a senhora. Perdão, nem me apresentei: Zé do Polvo, ao seu dispor. Sou o Segundo-Ministro da Sujeira.

— Ué, segundo? Só tem ministros da sujeira na baía?

— Aqui, nós só temos um ministério: o da Sujeira.

— E o da Economia, o da Saúde, o da Educação, o da Cultura, onde é que ficam?

— Não temos. É que a sujeira é tão grande que ocupa todos os ministérios.

Por um momento, o polvo e a Marquesa se empolgaram com a conversa e esqueceram da interdição da área.

— Ah, mas, no tempo dos nossos antepassados, as coisas eram bem diferentes: nós não precisávamos de ministério nenhum. O mar era tão limpo que até os médicos humanos receitavam banhos de mar para as pessoas doentes ou enfraquecidas. Era um tal de banho pra reumatismo, banho pra artrite, banho pra calundu, banho pra relaxar... O mar era sinônimo de saúde.

Ludi ficou constrangida com aquele papo. Será que Zé do Polvo desconfiava que os médicos do Rio de Janeiro andavam receitando o contrário, porque as praias estavam quase todas tão contaminadas por micróbios que o banho de mar era um risco para a saúde?

— Puxa, isso tudo é um absurdo. Tem de ter uma solução! Alguém tem de mudar essa situação!

A menina se entusiasmou tanto que contagiou o Segundo-Ministro.

— Muito bem, Marquesa! Assim é que se fala! Muito bem! E esse alguém é Vossa Excelência!

— Eu?!

— Claro! E pra que servem as marquesas?

MINISTÉRIO DA SUJEIRA
STÉRIO DA SUJEIRA
SUJEIRA NÃO
NÃO SUJEIRA

Aí ficou um silêncio parado no mar. Ludi quis dizer ao Zé do Polvo que não era marquesa coisa nenhuma e que, no fundo, ela queria mesmo era ir para casa ver televisão, quer dizer, fazer o dever.

— Sabe, Zé, a verdade verdadeira é que eu...

Mas a Tainha-Chefe voltou a se esgoelar pelo megafone:

— Belos líderes são vocês, hein? Os peixes todos já foram, mas o digníssimo Ministro e a digníssima Marquesa ficam aí como se nada estivesse acontecendo. Vocês estão pensando o quê? *Tem uma hipersupermegamancha de óleo se aproximando!*

Ludi achou a tal tainha muito mal-educada por interrompê-los daquele modo, mas, pensando bem, ela tinha razão. Era uma questão de vida ou morte.

Zé do Polvo se desculpou:

— Nós já estávamos a caminho. A Marquesa ainda está um tanto ou quanto perturbada...

— Sumam daqui! Fora! — gritou a tainha.

Zé do Polvo agarrou a Marquesa com seus incríveis tentáculos e saiu nadando o mais depressa possível. Ludi, furiosa, ainda conseguiu dizer poucas e boas para o peixe:

— Sua tainha cara de marreca esganiçada! Precisava ser tão bruta?!

— É o serviço dela, Marquesa. Ela tem de ser assim, senão ninguém se move. O mar não está pra peixe!

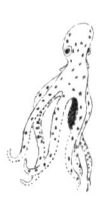

DONA CONCHA

Ludi e Zé do Polvo chegaram à assembleia recém-transferida para a última área mais ou menos limpa da baía. O Rei Barbatano se preparava para abrir pela terceira vez os trabalhos. Ninguém aguentava mais tanto discurso.

— Peixes, moluscos e crustáceos, estamos aqui para mais uma vez... é... como direi... — e se dirigiu aos Cutucadores Reais: — O que estamos fazendo aqui mesmo?

Ludi puxou o tatuí e o Zé do Polvo para um canto.

— Tatuí, quem aqui é um verdadeiro líder? Não há alguém que tenha alguma ideia para resolver esse probleomão? Uma ideia toda azul?! A gente não pode ficar esperando que a sonolência do Rei Barbatano passe. Você não acha, Zé?

O tatuí e Zé do Polvo pensaram, repensaram, depois mudaram para o verbo refletir e aí tiveram um estalo:

— A dona Concha: a jornalista jornaleira! — exclamaram os ministros.

Dona Concha era uma pessoa muito fechada. Antes, ela morava em uma praia lá na Baía de Todos os Santos, muito feliz da vida com os seus amigos e familiares. Mas o tempo passou, os amigos foram partindo e os parentes se mudaram. Alguns se tornaram enfeites em apartamentos, outros em hotéis ou restaurantes especializados em frutos do mar, e ela se sentiu sozinha. A concha, então, resolveu fazer uma viagem ao fundo do mar. E foi lá que ela se apaixonou. O nome dele era François: um francês que morava no Rio e tinha olhos azuis, azuis da cor do mar. O rapaz também caiu de amores pela concha e, mais que depressa, a levou para casa e a colocou com todo cuidado num aquário muito grande, com água limpinha e muitas pedrinhas. A princípio, ela estranhou, mas depois foi se acostumando com as paredes de vidro.

François era jornalista, correspondente de um jornal de Paris. Escrevia notícias para os franceses sobre tudo o que acontecia no Brasil. A concha, além de aprender francês, conheceu muitas coisas novas com seu namorado. Cada dia era um assunto diferente: um dia era música brasileira, outro, cinema e, muitas vezes, a poluição dos mares e das florestas vinha à tona. Para se inspirar, François ouvia música. Durante vários meses, ele só escutava um compositor baiano chamado Dorival Caymmi, que tinha uma voz de baixo profundo e cantava assim:

Ai, que saudade eu tenho da Bahia
Ai, se eu escutasse o que mamãe dizia

De tanto ouvir falar em mar e em Bahia, a concha foi se entristecendo e se fechando, fechando, até que fechou de vez. François, no princípio, não entendeu o problema. Tentou dialogar com ela:

— O que houve, *ma petite*?

Ela respondeu com uma palavra que só existe em português:

— Saudade!

A tristeza era tanta que François decidiu devolver a concha para o seu *habitat* natural. Em um de seus mergulhos nas Ilhas Cagarras, ele a deixou perto de um costão. A despedida foi triste, mas cada um tinha de seguir o seu caminho.

— *Adieu, ma petite!*

A concha se viu sozinha no fundo do mar e ficou mais triste ainda. Queria voltar para a Bahia, mas as correntezas do mar a levaram até Copacabana, depois ao Leme, à Urca, até que ela entrou na Baía de Guanabara. E lá ficou. Percebeu que as águas eram turvas, poluídas; lembrou dos artigos do François, tão inflamados, tão ecológicos, tão indignados com a negligência dos homens diante dos mares, e resolveu que também seria jornalista dali em diante. Como não tinha nenhum jornal circulando no fundo da baía, a concha fundou um. Como não havia jornaleiro, ela mesma vendia de mão em mão. O nome do jornal era *O mar*.

MILHARES DE CARTAS AMÁVEIS

O TATUÍ, O ZÉ E A LUDI nadaram à procura da dona Concha. Ela estava na assembleia, anotando tudo que acontecia e deixava de acontecer. Até os minutos que o Rei dormia ela anotava.

> *Na solenidade de hoje, Sua Majestade, o Rei Barbatano, dormiu três minutos, o que já é um bom sinal, pois na última ele dormiu dez.*

O tatuí a chamou para conversar.

— Dona Concha, eu gostaria de lhe apresentar a Marquesa dos...

Ludi interrompeu o crustáceo e foi direto ao ponto:

— Dona Concha, a gente queria saber: a senhora tem alguma ideia para resolver o problema da Baía de Guanabara?

A jornalista estranhou aquele jeito atirado da Ludi.

— Bem, Marquesa, para falar a verdade, eu tenho sim.

Todos os três a olharam admirados.

— Então fala logo! — disse Ludimila.

— Eu sou da teoria de que só os homens podem acabar com a poluição do mar. Se eles cessarem o fogo, quer dizer, o lixo, o tempo e o próprio oceano se encarregarão de eliminar o resto.

Ludi ficou indignada.

— A senhora só pode estar maluca: o homem é nosso inimigo número um!

Dona Concha percebeu que a menina era bem malcriada para uma marquesa e respondeu no mesmo tom:

— Tudo bem, Marquesa. Então, a senhorita, que não é maluca, tem alguma ideia melhor?

— Não, nenhuma.

Ludi se sentou numa pedra e fez aquela pose da estátua *O pensador*, de Rodin, com a mão no queixo. Será que assim alguma ideia viria? Os três imaginaram que ela estava ensaiando para cair na choradeira de novo, mas não, a menina só ficou com o olhar perdido no oceano.

Enquanto isso, dona Concha tentou convencer os amigos.

— Pode parecer ingenuidade da minha parte, mas eu acredito que, se nós escrevêssemos explicando o problema, dizendo que a baía está morrendo, que os peixes estão minguando, que os manguezais precisam ser replantados e que, se ninguém fizer nada, vai tudo por água abaixo... eu creio que eles iriam...

— Rir da nossa cara — debochou Ludi.

— Bem, não era isso que eu ia dizer, Marquesa — retrucou a concha.

De repente, o tatuí, muito atento à discussão das duas, animou-se com uma lembrança.

— Marquesa, dona Concha, Zé — disse, muito emocionado —, eu me lembrei de uma coisa que a minha mãezinha costumava dizer!

— Sua mãe? — estranhou a menina.

— É, ela mesma! Mamãe dizia assim: "Não há nada que uma cartinha amável não consiga".

Ninguém compreendeu aonde o tatuí queria chegar, mas seus olhos brilhavam e ele não parava de falar:

— Dona Concha tem razão! Vamos escrever cartas, Marquesa! Milhares de cartas amáveis! Vamos esclarecer a situação para as autoridades escrevendo sem ofensa e com educação, afinal, errar é humano!

Zé do Polvo, que também se animou com a proposta, reforçou a ideia tentando convencer a Ludi.

— Eles estão certos, Marquesa! Vamos tentar o diálogo. Na situação em que nos encontramos, não há outra coisa a fazer.

Como a menina não conseguia pensar em nada, acabou apoiando a proposta deles.

— Tudo bem, então...

Rapidamente, os quatro voltaram para a assembleia. O Rei Barbatano tinha hibernado de vez. Os Cutucadores Reais não sabiam mais o que fazer. Vendo aquele alvoroço todo, o tatuí subiu no palanque.

— Peixes, moluscos e crustáceos! A situação está caótica, ainda mais agora que o nosso rei hibernou como urso-polar. Mas nós, a Marquesa, a dona Concha, o Zé do Polvo e eu, temos uma proposta!

Ouviram-se gritos de felicidade e berros eufóricos. Até que enfim havia uma proposta, um caminho, um objetivo e, quem sabe, a solução! Todos aplaudiram de pé e ouviram atentamente o tatuí.

— Dona Concha escreverá uma carta às autoridades do estado do Rio de Janeiro, incluindo todas as cidades que ficam na orla da Baía de Guanabara e que jogam lixo e esgoto por aqui, pedindo encarecidamente que eles parem de poluir os rios e mares. A carta será curta e direta, porém amável.

A ideia foi aceita com entusiasmo. Foi uma injeção tamanha de ânimo que até o mar parecia mais claro. Ludi, porém, continuava ressabiada. Dona Concha pediu alguns minutos de concentração para escrever a carta e, após uns minutos, subiu ao palanque e leu:

Caríssimo governador do estado do Rio de Janeiro, caríssimos prefeitos, deputados e vereadores de todas as cidades da Guanabara,

Nós, os peixes, moluscos e crustáceos da baía, estamos num momento muito difícil. A poluição

das indústrias e dos esgotos está matando a baía e toda a sua fauna e flora. Por isso, pedimos encarecidamente que os senhores tomem as devidas providências com a maior brevidade possível.

Esperamos ansiosos a sua resposta.

> Assinado: os pequenos peixes, moluscos e crustáceos da Baía de Guanabara e a Marquesa dos Bigodes de Chocolate

A carta foi aprovada por aclamação e, em questão de segundos, uma gaivota deu um mergulho cinematográfico, capturou o documento e o levou para o governador.

— A sorte está lançada! — exclamou o tatuí, cheio de esperança.

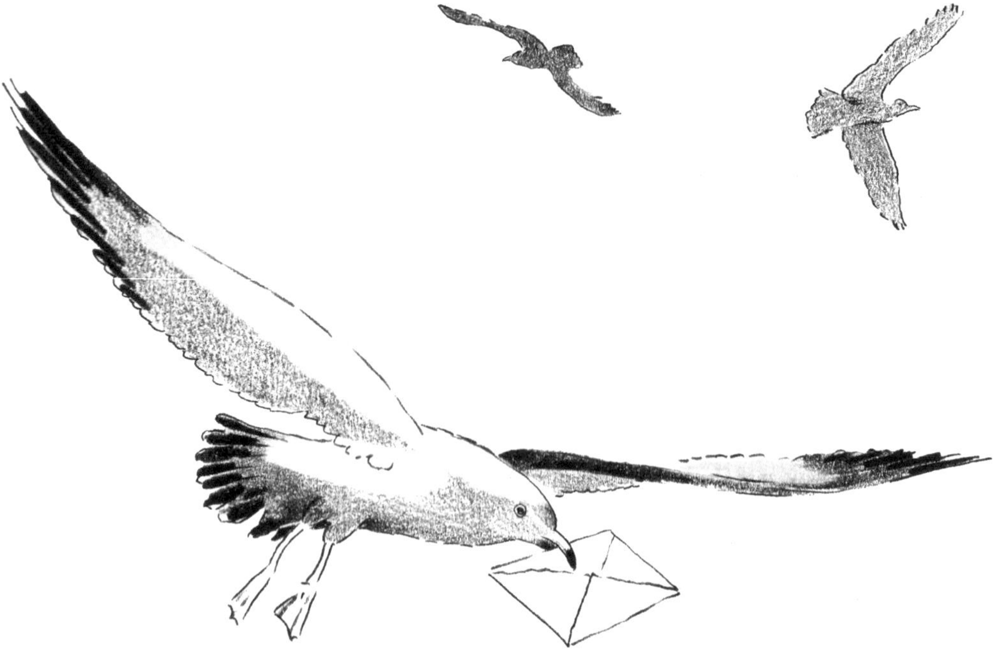

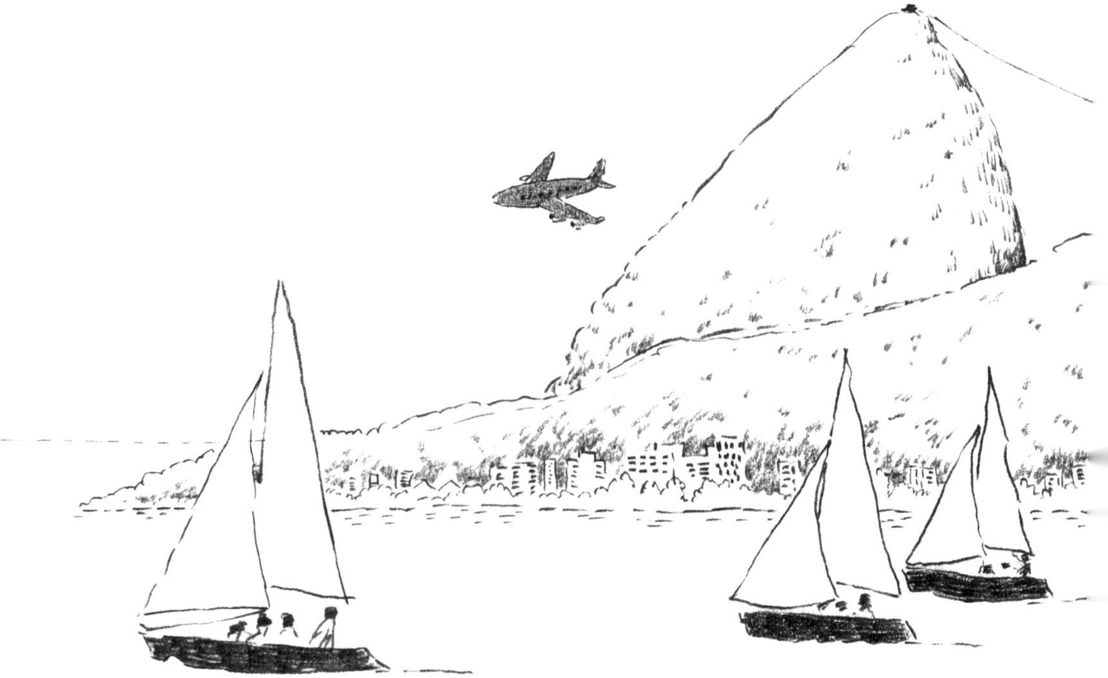

OSTRACILDA, A OSTRA

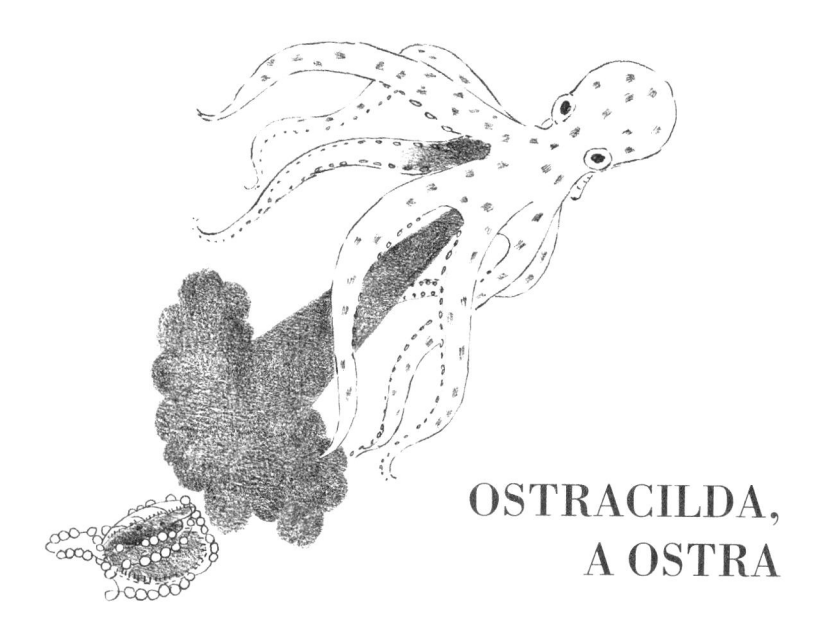

O MOMENTO ERA DE MUITA EUFORIA. Os cardumes faziam rodopios, as estrelas-do-mar brilhavam e até os siris saíram das tocas. Enquanto eles aguardavam a resposta do governador, dona Concha sugeriu um sarau literário e convidou Ostracilda para declamar. Ela era uma ostra linda que, desde pequena, recitava poesias. A beldade arrumou seu colar de pérolas, que dava três voltas em seu corpo, e subiu ao palanque sob uma salva de palmas.

— Viva Ostracilda!
— Obrigada! Obrigada!

Ludi puxou o Zé do Polvo e perguntou baixinho:

— Quem é essa Ostracilda, Zé?
— Ah, é uma chata de galochas! Quer dizer — disse o Ministro, se corrigindo —, é a declamadora oficial do

reino. É uma simples ostra, mas pensa que é uma estrela... de Hollywood.

Ostracilda agradeceu as palmas e pediu silêncio.

— Estou muito emocionada porque alguma coisa me diz que o governador desse estado ma-ra-vi-lho-so vai finalmente dar um *help* para a nossa tão querida Baía de Guanabara.

— Viva Ostracilda! Divina!

— Obrigada! Por favor, perdoem a minha voz um tanto ou quanto rouca. Essas correntes frias vindas do oceano são cruéis!

Finalmente, impostou a voz e declamou:

Guanabara gentil, formosa e bela,
Remanso cor de anil, de alvas espumas,
Lago de fadas, leito perfumado,
Onde o meu pátrio Rio se espreguiça.

Todos bateram palmas frenéticas. Ludi voltou a cochichar com o Zé:

— Alvas espumas? Leito perfumado? Cara, que poema velho!

Ostracilda, que tinha uma excelente audição, comentou:

— Esse poema é de José Maria Velho da Silva, Marquesa. Um poeta do século passado, quero dizer, retrasado.

Zé do Polvo aproveitou e fez um comentário irônico:

— Assim como a senhora, não é, dona Ostracilda?

— Senhora, não: senhorita, seu Zé do "Polvinho".

Ludi notou que os dois nutriam uma antipatia mútua. A implicância da dupla só terminou com a chegada da gaivota, que trazia a resposta do governador.

O tatuí, muito nervoso, leu a missiva:

Aos peixes, moluscos e crustáceos da Baía de Guanabara e à Marquesa dos Bigodes de Chocolate,

Por favor, não amolem. Aqui, no Palácio, nós estamos muito preocupados com a segurança, a saúde, o transporte e as chuvas e não temos tempo de pensar na baía nem em peixes e outros bichos insignificantes.

P.S.: ainda se fossem peixes grandes...

Assinado: governador do estado
do Rio de Janeiro

Houve um silêncio tumular. Houve outro silêncio tumular. Até que dona Concha botou a boca no mundo:

— Vai ver o governador tem mania de grandeza.

— E isso lá é desculpa para uma carta dessas? — retrucou Ludi, pensando que depois daquela resposta eles esqueceriam os homens de vez.

— Ora, é claro! Se o governador é maníaco por coisas grandes, ele nunca vai conseguir pensar em coisas pequenas como nós. O que aconteceu é que erramos de homem, só isso. Vamos escrever para o presidente da Liga das Escolas de Samba!

E todos os peixes voltaram a se animar e a bater palmas. Ludi não acreditava no que via. Como é que eles podiam ser tão ingênuos? A esperança realmente era a última a morrer...

— Nada de presidente de escola, muito menos de escola de samba! — ordenou a menina, tendo um ataque de nervos.

— Calma, Marquesa. Lembre-se de que Vossa Excelência não é a Rainha de Copas — disse dona Concha.

E foi esse comentário sarcástico que fez a Ludi finalmente ter uma ideia interessante:

— Rainha! É isso, dona Concha! Vamos escrever pra Rainha do Mar! Iemanjá!

IEMANJÁ

Iemanjá vivia muito atarefada, comandando ressacas terríveis, impedindo o banho de mar e as pescarias. Desse modo, a Rainha do Mar acreditava que ao menos limpava um pouco suas águas da sujeira dos homens. Naqueles dias, na Praia do Leblon, ela liderava uma das maiores ressacas da década.

Quem escreveu a carta desta vez foi a própria Ludi, que agora era a mais animada do grupo.

Salve, Iemanjá, Rainha do Mar,

A Baía de Guanabara está pedindo socorro.
A poluição está matando todos os peixes, moluscos e crustáceos daqui. Pedimos encarecidamente que a senhora mande uma ressaca para cá ou qualquer coisa

que acabe com a sujeira da baía. Ia ser superlegal se a senhora pudesse ajudar!

Um abraço, agradecida desde já,

Marquesa dos Bigodes de Chocolate

A gaivota, que já estava reivindicando um aumento de salário, voou rápido levando a carta até o Leblon.

Ludimila pulava de alegria e tentava contagiar os amigos.

— Tatuí, Zé, dona Concha, Ostracilda, ânimo! A Rainha do Mar vai nos ajudar!

— Será?

— Claro que vai! Olha, eu *tô* tão confiante que quem vai recitar um poema agora sou eu!

Ostracilda, ao ouvir aquilo, quase mordeu seu colar de pérolas de tanta raiva.

— Marquesa, eu sou a declamadora oficial. Não vou admitir que...

— Calma, Ostracilda, eu não quero tomar o lugar da senhora, quer dizer, da senhorita. É que essa é a única poesia que eu sei de cor e aí pensei em recitar.

— Bom, se é assim... Tudo bem.

Ludi subiu no palanque e disse que o poema era de Cecília Meireles e que tinha sido feito para um irmão dela, chamado Chico.

— Pelo menos foi o que a minha mãe me disse...

A menina fez uma pose de artista e declamou:

*Na chácara do Chico Bolacha,
o que se procura
nunca se acha!*

— Puxa, agora só estou me lembrando desse comecinho. — disse, envergonhada.

Assim mesmo todos bateram palmas e deram vivas à Marquesa.

De repente, a gaivota voltou, deu um mergulho bem fundo na baía e entregou a carta-resposta de Iemanjá para Ludi, que a leu bem alto:

Marquesa dos Bigodes de Chocolate,

Creio que a senhorita não sabe, mas é muito difícil limpar a Baía de Guanabara, a ajuda teria de vir do mundo inteiro. Os humanos, ao longo dos séculos, a destruíram poluindo seus rios e manguezais. Além disso, ela não tem mais fauna nem flora nenhuma. Infelizmente, a Baía de Guanabara é só um cartão-postal!

P.S.: precisamos de ajuda aqui no Leblon! Por que a Marquesa não vem para cá?

Assinado: Iemanjá

Então a própria Rainha do Mar não sabia que ainda existia vida na baía?! Então a Mãe-d'água dava o caso por encerrado? Foi um choque para todos. Cada resposta era uma espetada de anzol. E agora? Será que a única coisa a fazer era tocar um tango argentino?

— Ela disse que não há mais vida aqui? — perguntou o tatuí, atônito.

— Iemanjá disse que a baía é só um cartão-postal? — indagou dona Concha.

Ludi tentou amenizar as coisas.

— Eu acho que ela não quis dizer isso. Ela deve ter se enganado...

Ludimila começou a andar de um lado para o outro, muito aflita. Só parou quando o tatuí subiu no palanque e fez um tristíssimo e soluçante discurso de despedida.

— Excelentíssima Marquesa dos Bigodes de Chocolate, creio que chegou a hora do adeus. A senhorita foi uma verdadeira marquesa, mas agora é preciso aceitar a derrota e assumir que o nosso destino é o coração do imenso oceano Atlântico. Quem sabe algum de nós consiga sobreviver? Quem sabe?

Ludimila ficou indignada com aquela conversa e exclamou:

— Não! Que história é essa, tatuí? Nós vamos limpar a baía custe o que custar!

Ninguém dava ouvidos à menina. Cardumes, siris e estrelas-do-mar preparavam suas malas e trouxas.

— Dona Concha! A senhora não deve deixar ele falar assim! Zé! Vocês só podem estar brincando! Puxa vida! Vocês são os líderes! Os líderes nunca desistem!

— Mas nós já tentamos tudo! — argumentou dona Concha.

— É horrível dizer, mas não há mais nada a fazer — concordou o polvo.

Ludi continuava insistindo na luta vã.

— A gente vai limpar a baía! Vocês não podem desanimar agora! É proibido desanimar!

— Mas, Marquesa, as coisas não são assim... — disse Ostracilda.

— São assim, sim! Agora me deixa pensar em alguma coisa!

— Marquesa, me respeite que eu sou muito mais velha que a senhorita. Quer dizer, um pouco só. Não pareço... mas sou. Não pense que só porque a senhorita é marquesa pode tratar os mais velhos assim, viu?

O rosto da Ludi se iluminou com uma nova ideia.

— Os mais velhos?! É claro, Ostracilda! Os mais velhos, dona Concha! Zé! Tatuí! Vamos falar com os mais velhos! Eles devem saber de tudo!

— Mas que mais velho a senhorita conhece que poderia se interessar pela limpeza do mar?

— Ora, o Velho Lobo do Mar!

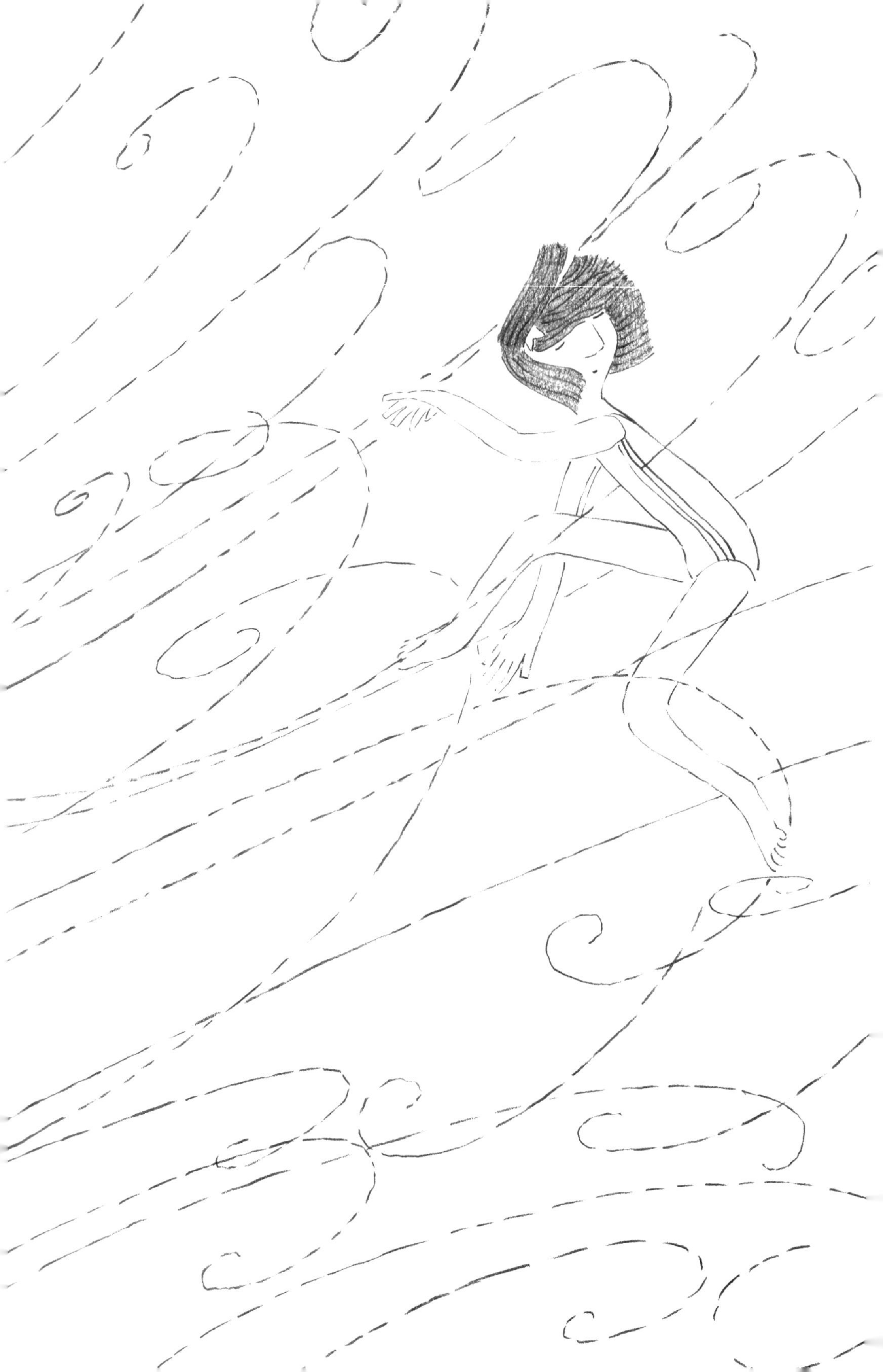

O VELHO LOBO DO MAR

O Velho Lobo do Mar é velho, mas não é lobo. É um marinheiro que conhece o mar tão bem quanto um lobo conhece a floresta. Ele vive em sua barca atravessando tempestades, temporais e, é claro, períodos de calmaria também. Ele conhece todos os mistérios e segredos que o mar esconde. Ludi estava convencida de que ele sabia como acabar com a poluição da baía.

Com a ajuda da dona Concha, a menos desanimada do grupo, a menina escreveu a carta:

Caríssimo Velho Lobo do Mar,
Já pedimos socorro ao governador, mas ele tem mania de grandeza. Escrevemos também para Iemanjá, mas ela acha que o nosso caso praticamente não tem mais jeito. Será que o senhor, que é tão

velho, tão lobo e conhece tão bem o mar, não saberia como acabar com a poluição da Baía de Guanabara?

P.S.: o senhor é a nossa última esperança!

Assinado: a Marquesa dos Bigodes de Chocolate e os peixes, moluscos e crustáceos da Baía de Guanabara

Enquanto esperavam pela resposta do Lobo, não houve sarau de poesia nem nada. Desmotivados, todos os bichos tinham certeza mais que absoluta de que não haveria resposta e, se houvesse, seria negativa. Afinal, quem iria se preocupar com meia dúzia de seres? Quem iria se preocupar com uma baiazinha de um país da América do Sul? Quem?

Ludi estava uma pilha. Não conseguia pensar em outra coisa a não ser na hipótese de o Velho Lobo do Mar se lixar para o lixo da baía. E aí? O que iria acontecer? Ela voltaria para casa, para a escola, e continuaria a viver como se nada tivesse acontecido. Olharia pela janela e, de vez em quando, diria: "Ah, como a Baía de Guanabara é bonita com esses morros lindos e esse céu maravilhoso. Pena que seja tão suja e sem vida".

Enquanto Ludi divagava, a gaivota trabalhava duro. De repente, ela voltou e deu um mergulho de cinema trazendo a carta no bico. A bichinha estava exausta. Tinha voado até o polo sul, sem fazer uma parada sequer, à procura do Velho Lobo do Mar, e, só depois de ver muita neve e muito pinguim, o encontrou.

— Marquesa! Marquesa! Aqui está a carta-resposta. Ele disse que a senhorita tem de lê-la o mais rápido possível e que eu tenho de sair voando para avisar aos pescadores e ao pessoal das barcas.

— Avisar o quê?

— Não tenho tempo para explicar, Marquesa. Acho bom Vossa Excelentíssima tratar de ler a carta rapidinho. Tchau!

A gaivota saiu a jato e nem cobrou pelo serviço. Ludi abriu a carta.

Cara Marquesa dos Bigodes de Chocolate,

Ao ler a carta da senhorita, concluí que o caso, além de ser urgentíssimo, é deprimente. O que está acontecendo aí é uma calamidade pública. Como as pessoas podem deixar uma baía tão linda, tão cheia de graça e de encantos mil morrer assim?

Marquesa, deixando a minha indignação de lado, quero comunicar que já resolvi o problema da poluição da baía.

Nessa parte da carta, todos pararam de fazer as malas e prestaram a maior atenção:

Pedi a uma velha conhecida minha, que gosta muito de passear aí pelo oceano Atlântico, chamada Azulita, a baleia-azul, que dê uma paradinha na entrada da Baía de Guanabara. Ela ficará só na boca da baía mesmo, entre as fortalezas de São João e Santa Cruz, para não encalhar. De lá, ela vai aproveitar que anda muito gripada por causa do degelo do polo e dará um espirro.

O espirro da Azulita tem a força de um furacão e vai limpar a baía num piscar de olhos. A senhorita, os peixes, moluscos e crustáceos terão de se enfiar nas pedras ou na areia para não saírem voando junto com a sujeira.
Boa sorte e adeus!

    Assinado: Velho Lobo do Mar

Ludi pulou de alegria.

— Conseguimos! Tatuí! Zé! Dona Concha! Conseguimos!

A essa altura da odisseia, tudo quanto era peixe, siri, concha, polvo, lula e ostra procurava algum local para se esconder e se agarrar. Todos já tinham ouvido falar dos estrondosos espirros da Azulita, capazes de provocar maremotos. Dona Concha, o tatuí e Zé chamaram a Ludi:

— É por aqui, Marquesa! — gritou Zé, lhe estendendo um tentáculo.

Ludi nadou até o polvo, mas, quando estava quase chegando ao tentáculo amigo, ouviu-se um estrondo vindo da entrada da baía.

— AAATCHIIIM!

Ludi não conseguiu dar a mão ao Zé e já não dominava seus movimentos. Tentou se segurar nas pedras, em alguma alga, mas não conseguiu e foi arrastada pela força do espirro da baleia.

— Aaaii! Zé, tatuí, dona Concha! Socorro!

LIMPINHA
DA SILVA

Ludi estava desacordada na cama de seus pais. Ao seu redor, toda a família estava muito preocupada. Ela havia sido espirrada para fora da baía junto com um século de lixo. A menina delirava.

— Tatuí, cuidado! A baleia! Ela vai espirrar! Dona Concha! Zé!

Nesse momento, a menina despertou.

— Mãe! Pai!

— Filhota!

— Que susto você deu na gente!

— Marga! Chico, Rafa!

Todos se abraçaram com tanta emoção que parecia cena de filme candidato ao Oscar.

— Mãe, pai, aconteceu uma coisa maluca comigo! Eu fui convidada pra uma assembleia no fundo da Baía de

Guanabara. Eles pensavam que eu era uma marquesa de verdade e que podia ajudá-los. Eu não sabia o que fazer, e aí a dona Concha resolveu escrever pro governador! Aí... — de repente, a menina se tocou: — Como é que eu vim parar aqui?

— Filha, você está com um pouco de febre — dona Sandra pousou a mão sobre a testa da menina.

— Descanse, Ludi. Não precisa contar nada pra gente agora — disse seu Marcos.

Chico e Rafa foram logo respondendo à irmã:

— A gente achou você no meio do lixo, lá na praia. Teve o maior maremoto na baía.

— O lixo todo voltou para as praias e para as ruas, como se a baía tivesse vomitado na cidade. Cara! Foi sinistro! O Rio *tá* horrível, não dá nem pra sair de casa! Não vamos ter aula durante a semana toda!

— Então a baía *tá* limpa?!

— Limpa? Ela está cristalina! Tem um monte de peixes pulando. Até boto tem! Você precisa ver! — disse Marga, agarrada a um lencinho e com o nariz inchado de tanto chorar.

— Jura? — disse a menina, tentando se levantar.

— Não, Ludi. Agora a senhorita vai ficar quieta na cama.

— Mas, pai...

— Você precisa descansar, minha filha. Amanhã a gente vai lá ver a Baía de Guanabara de perto.

— Olha, vai começar o jornal! Será que a gente vai aparecer? — perguntou Chico, apontando para a televisão.

As imagens mostravam a sujeira da cidade e o trabalho dos lixeiros e bombeiros limpando tudo. O repórter dizia:

— A Baía de Guanabara entrou em colapso nervoso exatamente às 22 horas da noite de ontem. Os especialistas afirmam que o que aconteceu foi algo inédito na história oceânica do mundo. Eles dizem que foi uma espécie de maremoto, mas não há indícios do que pode tê-lo provocado.

O fato é que a Baía de Guanabara está limpa. Limpíssima! Os peixes pulam e até os botos voltaram. O Partido Ecológico e todos os outros grupos verdes do Brasil formaram uma comissão para falar com o governador a respeito de qual será o procedimento das autoridades diante da nova baía. A proposta deles é concreta: chega de poluição!

A menina Ludimila Manso, que foi encontrada por volta das dez e meia da noite de ontem em meio aos resíduos que a baía cuspiu, passa bem e já está em casa, apesar de ainda falar em coisas sem sentido como "baleia" e "espirro".

A ponte Rio-Niterói e as ruas e estradas da orla da baía foram interditadas, enquanto os bombeiros

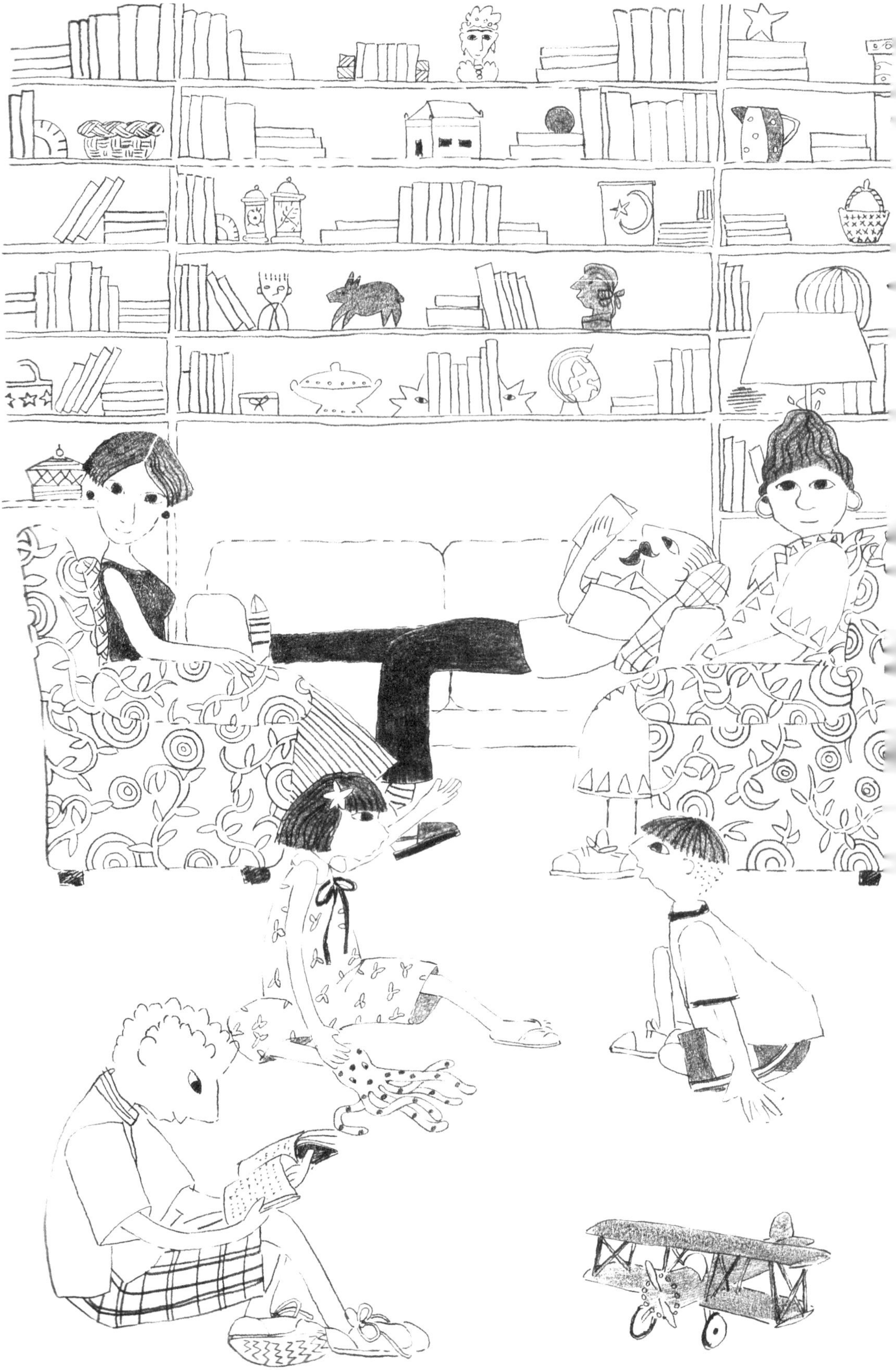

e os garis trabalham, até não se sabe quando. Ao vivo, da Praia do Flamengo, Aguinaldo Xavier, para o Repórter da Cidade.

A menina tentou se levantar da cama mais uma vez.

— Esse repórter não sabe de nada! Pai, mãe, ele *tá* falando um monte de besteira! Foi o Velho Lobo do Mar! Ele chamou a Azulita, a baleia-azul, e ela deu um espirro enorme que cuspiu toda a sujeira. Pai, mãe, vocês não acreditam em mim?

— É claro que a gente acredita em você, mas agora, por favor, se acalme um pouco.

— Mas, mãe, pai... Tem um outro negócio que eu não disse pra vocês: *tô* em recuperação em Português.

— Não tem problema, meu bem. Depois nós estudamos juntas, *tá*? — o susto tinha amolecido o coração da dona Sandra.

— Dorme, filhota...

— Qualquer coisa me chama — disse dona Sandra, apagando a luz.

Todos saíram do quarto e deixaram a menina falando com seus botões.

— Eles nunca vão acreditar em mim... — resmungou ela, desapontada, mas em seguida lembrou dos seus amigos do mar e voltou a se alegrar. — Oba, amanhã eu vou à praia! Será que vou me encontrar com o tatuí, a dona Concha, a Ostracilda, o Zé do Polvo? Tomara!

Com o passar do tempo, Ludi foi desistindo de convencer a família Manso da sua aventura. Os únicos que acreditavam nela, mesmo assim só de vez em quando, eram seus irmãos. Então ela pensou: "Adulto é assim mesmo, meio cabeça-dura. O importante é que eu sei que agora posso ir à praia todo dia. É só dar um pulo ali na esquina que eu mergulho na baía mais limpa do mundo: a nossa linda Baía de Guanabara".

VAMOS DESPOLUIR JÁ

REFERÊNCIAS BIBLIOGRÁFICAS

CAYMMI, Dorival. O mar. In: *Caymmi's Grandes Amigos.* São Paulo: EMI-Odeon, 1986. 1LP. Faixa 10.

MEIRELES, Cecília. A chácara do Chico Bolacha. In: *Ou isto ou aquilo.* Rio de Janeiro: Civilização Brasileira/MEC, 1977.

MIRANDA, Patrícia Sobral de. Guanabara, a baía que queremos recuperar. In: *Ciência PUC – Revista de Divulgação Científica da PUC,* Rio de Janeiro, n. 1, ago./set. 1988.

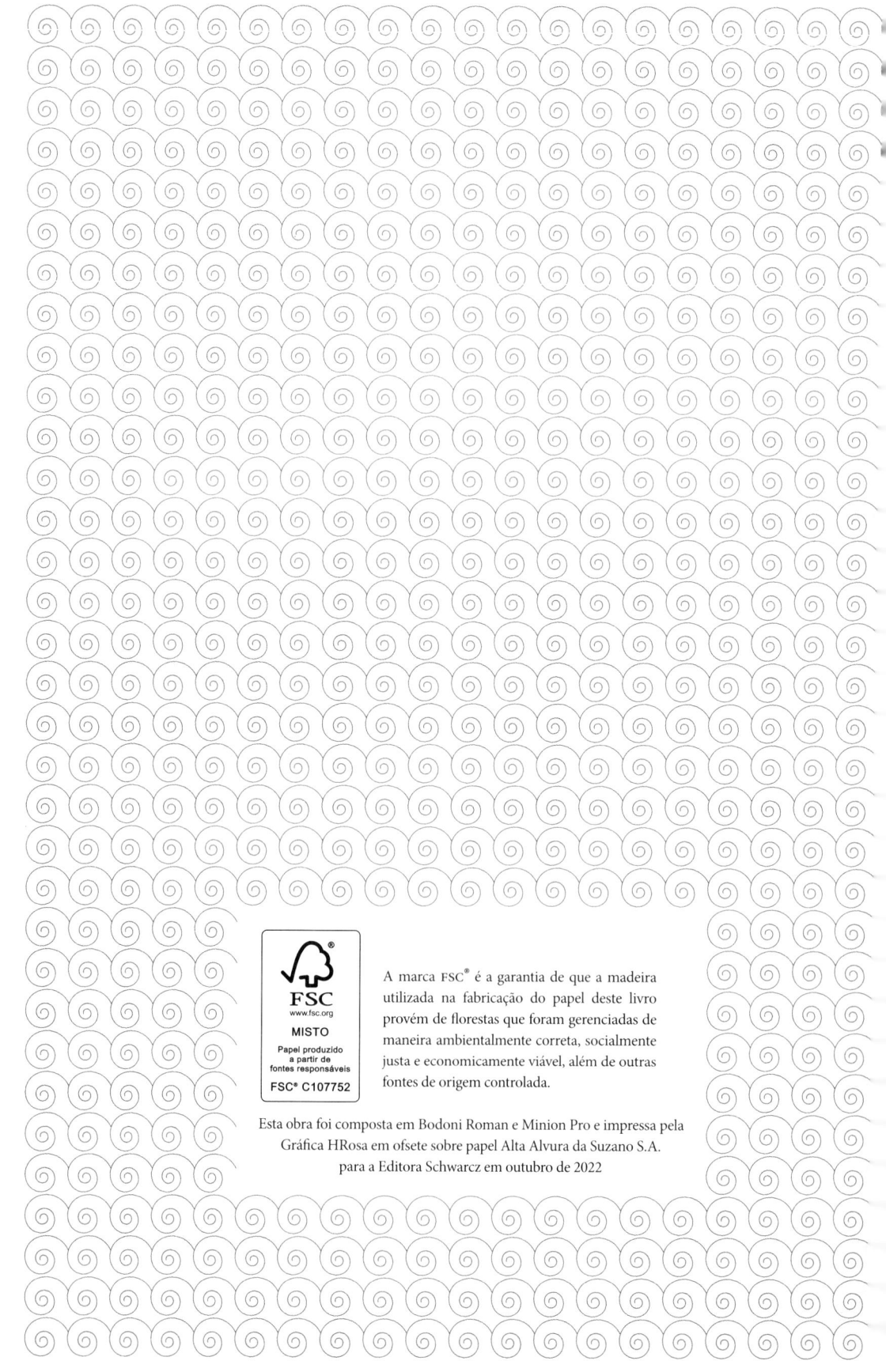

A marca FSC® é a garantia de que a madeira utilizada na fabricação do papel deste livro provém de florestas que foram gerenciadas de maneira ambientalmente correta, socialmente justa e economicamente viável, além de outras fontes de origem controlada.

Esta obra foi composta em Bodoni Roman e Minion Pro e impressa pela Gráfica HRosa em ofsete sobre papel Alta Alvura da Suzano S.A. para a Editora Schwarcz em outubro de 2022